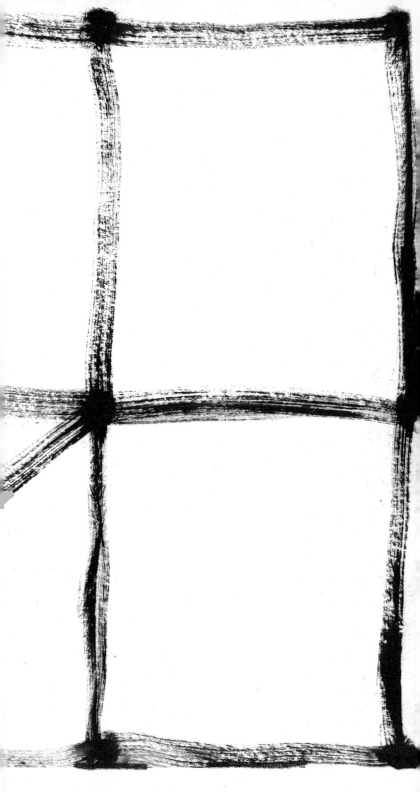

O fluxo silencioso
das máquinas

O fluxo silencioso das máquinas
pequenas iluminações asfálticas

Bruno Zeni

ilustrações de Ana Luiza Dias Batista,
Cláudio Spínola, Flavia Yue, João Paulo Leite

participação especial de Danilo Monteiro

Ateliê Editorial

Copyright © 2002 by Bruno Zeni

ISBN 85-7480-087-2

Editor: Plinio Martins Filho

Direitos desta edição reservados a
ATELIÊ EDITORIAL
R. Manoel Pereira Leite, 15
06709-280 – Granja Viana – Cotia – SP
Telefax (0xx11) 4612-9666
www.atelie.com.br   atelie_editorial@uol.com.br

2002
Impresso no Brasil
Foi feito o depósito legal

Falta ar. Aqui tudo é grande, mas é difícil se mexer.
Mal se vê o horizonte. Tem que saber se posicionar.
Há horas em que ele é vermelho, o horizonte poluído.
Horizonte puído, se você quiser.
Vez ou outra lhe pegam desavisado e um dito reverbera:
— ....
Mas no mais das vezes é sempre um fluxo de silêncio.
Uma estranha sensação de estar por demais no ventre
da máquina. O fluxo silencioso das máquinas: zunindo,
guinchando, fazendo falar a resistência do ar.
A cidade forrada de carros. Os carros também ver –
melhos no fim do dia, acendendo e apagando suas
luzes de freio. Parados, eles ofegam. Inspirando e
expirando, só eles, só eles respiram.

sumário

- 15   O movimento das marés (dos carros e dos desejos)
- 17   O suave repouso (com aparições coloridas)
- 19   O salto do menino por sobre a grade do corredor de ônibus
- 21   Às vezes, as imagens voltam e logo vão, num átimo
- 23   É sempre noite no metrô
- 29   O instante quer fugir
- 31   Chove mais e a cor do céu é uma só
- 33   Peixes, 16 de março de 2000
- 35   A manifestação da natureza da loucura de dentro
- 37   Os escritos. Eles surgem
- 39   Em cima da hora
- 41   Ele se desloca ao som de guitarrabaixoebateria
- 43   Um lance de onda
- 45   Água é difícil de conseguir
- 47   Andando em voltas pelo centro
- 49   Errata
- 51   Se isso, então aquilo. Ou não
- 53   A cor dos lábios é a mesma cor do bico dos seios é a mesma cor do ânus
- 55   Depois de tanto amor
- 57   Atributos físico-emocionais de uma pré-cópula (frisson)

59 O sol que preenche os poros
61 Você liga pra cá
63 Tecno
65 Aqui nesta festa?
67 Peixes, 24 de junho de 2000
69 DNA (a massa substanciosa dos genes)
71 Passeata gay leva 100 mil à Paulista
73 Transexual. Internet mostra cirurgia para mudar de sexo
75 O frio preto-laca
77 O tempo e a simbiose moto-e-ele
79 Um estado de espírito alterado
81 Debandada
83 O bafo quente do vento solar
85 Trincado
87 O quarto intocado há seis anos
89 Guarita (uma viagem de memória numa noite qualquer)
91 Ao camisa 6 do América, por Danilo Monteiro
93 Pequena iluminação asfáltica (o menino vaga-lume)
95 Vai do gosto (trampos)
97 Para sair do ar
101 O fluxo silencioso das máquinas
103 Pode acontecer. A qualquer um. A qualquer hora
105 O sol todo dia às seis da tarde é um pêssego

O fluxo silencioso
das máquinas

O movimento das marés (dos carros e dos desejos). De costas no asfalto, às vezes no cimento ou na pedra. Os pés, ele arrasta no chão. A craca preta dos pés, cultivada dentro dos sapatos desmanchados e no contato com o asfalto. Deitado no cruzamento da Brasil com a Rebouças, à vontade para olhar o espaço, o grande plano aberto à força.
A Terra é redonda. O tempo é curvo. (E dizem que o Universo é plano.)
Banhado de lua, assistindo à maré dos carros (cheia, às 11 da noite) e às imagens do telão na esquina oposta. Longe, tão longe a tela que o que ele vê é quase líquido. Dourado, vermelho, verde, azul e roxo, tudo misturado, borrado e líquido.
A trouxa vai de travesseiro, apoiando a nuca, para apreciar melhor o movimento. Sem ela para olhar o céu.
De manhã, barbear-se em uma fonte qualquer do centro. Respirar o fresco da manhã, se o céu estiver azul. Fazer o dia seguir.
Perambular. Arranjar uns trocos para a comida.
No fim da tarde, olhar as mulheres. Vê-las passar, saindo do trabalho, com aquelas saias e meias e saltos. Dá vontade de desembrulhar. Uma praça e remexer o lixo, infringir a simples normalidade das coisas. A existência dos seres.

O suave repouso (com aparições coloridas).
A simples normalidade das coisas. A existência dos
seres. Perambular. Arranjar uns trocos para a bebida.
De noite, voltar a deitar no asfalto. Ou na calçada.
Para olhar o céu, examinar as estrelas e descansar.
A tela vai tomando mais corpo à medida que o dia
termina e o escuro cai. Ele é induzido – suavemente –
ao repouso pelas cores da tela e pelo som das máquinas.
(Existe um certo ângulo de observação que permite
ver o reflexo das estrelas em seus olhos. De outro
posicionamento, vê-se que sua retina retém as imagens
do telão, sempre aceso, na esquina oposta).
A Terra é redonda. O tempo é curvo. (E dizem que o
Universo é plano.)

O salto do menino por sobre a grade do corredor de ônibus. Ele calcula quanto falta. Os passos necessários até o lugar certo. Uma perna à frente da outra, ele calcula a distância. Arruma as mangas da blusa, que caem, pendem e pingam de sujeira na Nove de Julho, próximas aos ônibus. Os carros e os ônibus continuam a passar. O corredor de ônibus. Ele então avança e corre, apóia as duas mãos sobre a grade e ganha os metros no céu.
A geometria do salto. A vontade de voar. O impulso de sumir.
O que fica desse salto no espaço: ele vai carregá-lo dentro de si – a cicatriz do que foi feito. O fogo na sola dos pés. O vento nas vestes. Segundos pairando no ar.

Às vezes, as imagens voltam e logo vão, num átimo. É quase um lapso de memória. Não dá pra saber quando foi, nem ao menos se realmente foi. O quadro vem, como uma placa de metal, positivo e negativo num só, como se num milionésimo de segundo a polaridade se invertesse e voltasse ao normal. Coisa de milionésimos de segundo. E logo depois não dá mais pra saber o que era aquilo mesmo que pensávamos ter visto. Ou lembrado.

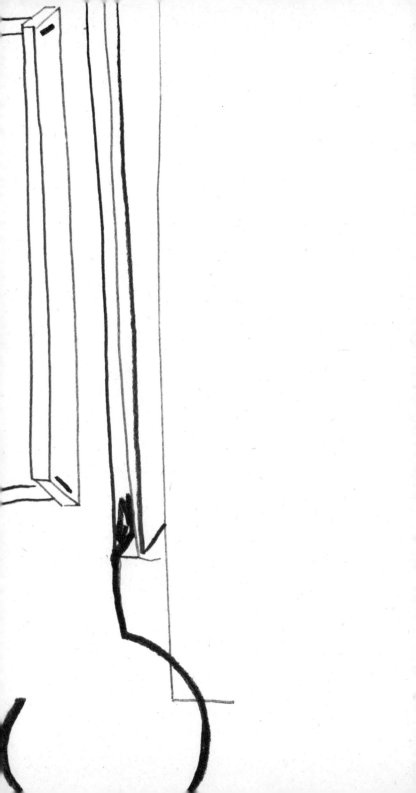

É sempre noite no metrô, mesmo quando se desce pelas escadas rolantes com uma música na cabeça, que é como continuar a rolar no embalo do som, caminhando, ritmado, carregando o dia lá de fora.
É sempre o mesmo breu e um mesmo efeito de imagens refletidas nos vidros, umas luzes que correm ao longo do túnel.
A música, boa música na cabeça e as pessoas que vão ficando menores na plataforma quando o trem acelera.
Demora um pouco para se perceber que o escuro dura.
Uns olhos que se fecham lentamente: ela pousa as pálpebras no lugar e volta a abrir os olhos e faz assim algumas vezes com um sorriso nos lábios pintados de vermelho.
A chegada do trem à estação. Bom quando o trem chega àquelas estações abertas, acima do chão.
Um pouco de ar, um pouco de luz. Dá pra ver a cidade (e a cidade se toca da existência do metrô).
O jogo de reflexos nos vidros da estação faz com que um poste de luz se encaixe no corpo de um homem.
De pé, dentro do outro vagão. Seu corpo é poste e fiação, resistência e ligações clandestinas.
Os grandes cílios parecem que ondulam. O lápis no olho, a sandália no pé, as pernas cruzadas, a música: cruza e descruza as pernas e o sorriso está lá.
Tem uma bolsa no colo.

A cabeça se equilibra acima do poste: o homem no
metrô, o poste lá embaixo na rua, unidos no vidro.
O trem acelera dentro do túnel de novo.
Um grupo de garotas conversa sobre os meninos do
cursinho. Os olhos de um velho de pernas cruzadas
escorrem de visgo. O nervo, o vinco e o visgo. Desculpe
incomodá-los, mas venho humildemente pedir uma
ajuda, uma contribuição, que a situação não está fácil,
são as crianças na escola e os velhos doentes...
As pessoas dormindo. Duas senhoras de pernas e pés
inchados. Os office-boys e suas pastinhas. Os caras
de terno. A música na cabeça. A escuridão do túnel.
A música, que é um lance que faz pirar mesmo. Ficar
no embalo da música. Que pára quando o metrô chega
na estação.
O barulho dos freios. As portas se abrem. Aquela gente
toda saindo dos vagões.
Todos os sons (os que existem e os que não). A música
volta e é como se ela tivesse só abaixado um pouco
aqui dentro. As escadas rolantes – subindo, subindo,
em velocidade constante – e de novo o dia, do lado
de fora, que já dá para vê-lo surgir. A luz. Caminhando,
ritmado. O som no máximo.

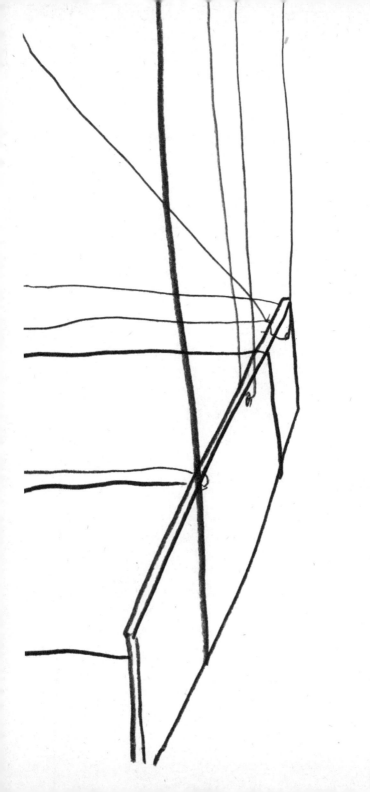

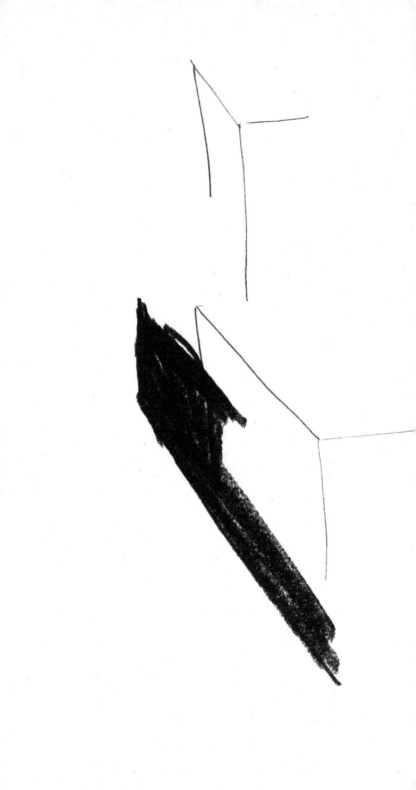

O instante quer fugir. É próprio do instante. Isso de fugir. Da natureza dele. Isso de instante pode durar muito. Pois se é de anos que se trata, o instante pode ser um dia. Pode durar um dia. Pode também sumir um dia. Um dia, quem sabe. O que fica de um passo depois do outro?
Hoje amanheceu chovendo com céu cor de chumbo. Chove e a chuva concede um instante de reverência entre as partes: a cidade e os que nela estão. Ao meio-dia, almoça-se com chuva e céu cor de chumbo.
Chove muito em São Paulo em fevereiro, março. Houve até quem naufragasse no Anhangabaú, fosse banhado no túnel, dragado pela corrente.
A estação das chuvas: cada um se defende como pode. Debaixo de uma marquise, sob guarda-chuvas, envolto em capas e capuzes, dentro dos carros, atrás das janelas – é de anteparos que se precisa para continuar, passo sobre passo no instante.

Chove mais e a cor do céu é uma só. A tarde na mesma e escurece chovendo. Um dia perfeito: sem variações. É de se pensar. Tudo parado, como numa engrenagem de movimento incessante.
Tudo molhado, moroso. Quieto.
Queria ser prédio. Queria ser plástico.
Bom de olhar as gotas, vidro escorrido, água correndo.
Duas pessoas caíram no rio. Ontem. Deu na TV.
Hoje amanheceu chovendo.
Por pouco, por um instante, fez que ia parar.
Mas continuou chovendo. O dia inteiro...
Um dia, inteiro.

Peixes, 16 de março de 2000. Mesmo sentindo
que existe um lado incompreensível no universo à sua
volta, hoje você tem tudo para perceber com clareza
o que se passa na profissão, que exige decisões,
e no amor, que pede uma certa audácia.

A manifestação da natureza da loucura de dentro. Seja ela qual for. Sentado ao pé de um ponto de ônibus, esbafore-se como um cão. A respiração ofegante entremeia-se à voz alta, aos quase-gritos.
(Ou talvez seja marcação de ritmo para que o pensamento não se estilhace.)
Seus olhos arregalados manifestam desespero, desespero. São quase-gritos ritmados, ofegantes.
Não se mexe, mas os braços enlaçam as pernas dobradas. Não se mexe, mas está à beira de um surto.
(Se isso já não for um surto...)
Como as crianças e os insetos, ele não se cansa.
Tem mesmo algo de criança nos gritos ofegantes, no rosto apavorado, desarmado.
Um homem sai do bar e lhe oferece um copo de café com leite. Ele estica o braço, recolhe o copo com uma das mãos (dá para sentir o calor do café em suas mãos) e continua ganindo.

Era sobretudo o som, o som, a repetição sonora.
O sopro vital. A loucura de dentro. A revelação, talvez.
Não, não sei como começou nem como terminou.

Os escritos. Eles surgem. O embaralho dos
rabiscos você carrega no posterior do crânio, que é
onde se guardam as coisas vistas, gravadas a ácido
no metal. Conhecido pelo nome de escritura da caliça,
o reboco rabiscado não é de ninguém e a ninguém
pertence. Fala, mas nada diz.
Mas essas inscrições, digamos assim, se destacam.
Ou já nem tanto, de tão integradas.
Os escritos. Eles surgem. Há quem diga que são obra
de quem não tem o que fazer e realmente não há muito
o que fazer por aqui. Mas ainda não descobriram
o porquê nem o como.
A chuva escorrida no preto das fachadas não lava, compõe.
A cidade estática no sossego do concreto sem máculas e
sem cheiro.
O concreto mudo e sujo. Poroso.

Em cima da hora. Criança morre após ser baleada durante uma festa.
A menina Tatiana Oliveira de Castro, 3 anos, morreu ontem depois de ter sido baleada durante uma festa na escola municipal Synésio Rocha, no Jardim Umarizal, em Campo Limpo (zona sul de São Paulo). Ela teve o intestino perfurado pela bala. Quatro homens invadiram a festa e atiraram contra Alexandre Marques, 20 anos, que foi atingido por seis disparos. Até a noite de ontem, Marques estava internado. Outras quatro crianças foram atingidas pelos tiros, mas não correm risco de vida.

Ele se desloca ao som de guitarrabaixoebateria.
Um garoto desce a rua e olha para trás para atravessar.
Seu rosto tem dezessete anos e nenhuma cicatriz –
limpo e branco como o de um novilho. O cigarro ele
carrega como se tocasse um gatilho. Veste uma jaqueta
pretovermelhoebranca da torcida Independente.
O rosto virado para trás, o revólver desenhado
na mão, a fumaça que sai dos seus pulmões e o porte
de brigador são uma coisa só, um ponto enquadrado
pela flora de prédios – a paisagem.
Depois do instante frisado, ele se desloca como se
caminhasse ao som de guitarrabaixoebateria. Ele se
imagina num vídeo, ao som de guitarrabaixoebateria.
Queria ser traficante, atravessador, cafetão ou motoboy,
mas é só um menino que vê TV, vai ao cinema e ao estádio gritar. Atravessa a rua e seu rosto se volta para trás.
Ele é uma criatura pequena na paisagem de São Paulo, e
não se pode saber qual de suas armas é a mais faiscante:
se a guitarra imaginária, se o revólver desenhado na mão,
se a voz impulsionada por seus pulmões, se o pensamento
inquieto que planeja repetidas loucuras para si.

Um lance de onda. Ondas de rádio são ondas
eletromagnéticas, geradas quando cargas elétricas
oscilam com alguma freqüência. A luz também é uma
onda eletromagnética que, após ser captada
pelos olhos, é transformada em imagem no cérebro.
(Ondas de rádio atravessam zonas com poeira e gás.)
A cidade está envolta em ciscos e partículas em
suspensão, submersa no ar dourado de pó. Pestilenta,
atingida como que por uma micose que se espalha
de toque em toque, nas trocas e nos contatos.
(A recepção de rádio e TV não piora com a poluição).
A diferença entre ondas de luz e ondas de rádio é a
sua freqüência (ondas de luz têm freqüência milhares
de vezes maior do que as ondas de rádio).
Já as ondas sonoras e aquelas provocadas, por exemplo,
por uma pedra atirada na água são coisa totalmente
diferente. Elas se propagam em um meio material,
como o ar, nunca no vácuo.

Água é difícil de conseguir, mas ao menos ela corre debaixo das ruas, em canos, e está livre da poeira cósmica dourada. Mergulhar, boiar ou nadar, essas coisas estão fora de qualquer possibilidade. Não se vêem, mas as ondas de rádio e TV aglomeram-se. Vários corpos celestes, como estrelas e nebulosas, também emitem ondas eletromagnéticas.
Os impulsos telefônicos viajam em cabos subterrâneos, como os canos de água. Impulso telefônico é também o nome de uma disfunção que acomete muitos dos habitantes da cidade, assim como a depressão, a síndrome do pânico e outros distúrbios compulsivos em geral (normalmente associados ao alto consumo de informação e café).
Como nosso equipamento para captação de ondas eletromagnéticas é bastante limitado, não percebemos as ondas de rádio que passam por nós (ao contrário da luz, visível aos olhos, e do calor, que é sentido na pele). O mesmo ocorre com outros tipos de ondas eletromagnéticas com freqüências ainda maiores do que a luz visível, como a radiação ultravioleta, os raios X e os raios gama (sendo que algumas podem ser bem nocivas à saúde).

Andando em voltas pelo centro, nas canaletas de asfalto, um rio morto corta a capa de concreto. Ainda há terra por debaixo ou só concreto decantado? O corte rasgado do rio não deixa esquecer: a produção de esgoto não cessa. Os olhos de quem gira por ali não se fixam. Não há muito como se guiar: são milhares os tons de cinza.

Errata. Diferentemente do que se afirmou, a menina Tatiana Oliveira de Castro, 3 anos, não morreu. Ela, de fato, teve seu intestino perfurado por um disparo durante a festa, mas foi rapidamente levada para o hospital, internada e passa bem. Alexandre Marques, 20 anos, também não foi atingido por seis tiros, mas por quatro. Duas outras perfurações do corpo de Marques – que pensava-se terem sido originadas pelos disparos – foram produzidas por tiros que o rapaz havia levado na semana anterior. Os dois ferimentos estavam ainda em processo de cicatrização.

Se isso, então aquilo. Ou não. Se existem momentos de felicidade plena. Se é possível flutuar, reter um sorriso longo (que dure alguns segundos), como se prendêssemos o ar, e aquele sentimento permanecesse suspenso...
Andar pela cidade de corpo dado, olhar o contorno dos prédios e dos viadutos. Os desenhos. Grafite. Cor. Se é possível jogar fliperama. Se numa tarde de chuva, cinema. A 140 por hora, o som no máximo. Chupar a casca de uma manga, lambuzando a cara. Se um mergulho. Cheiro de café passado. Se cachorros e o pôr-do-sol. Os prédios e as luzes de uma vista noturna. A noite, a pista e as luzes, todos dançando, muito próximos, como se numa lufada, e o som no máximo. Se os bicos dos seios duros e empinados na blusa. Se um pau grosso que se entrevê no volume da calça. Se uma bebida, se um cigarro, se um trago também longo. Se uma trepada suada e suja.
Se tudo isso pode acontecer, então o estado de felicidade absoluta e infinita é possível. Se esse momento existe, então é estritamente lógico que ele possa ser vivenciado agora e sempre. Perpetuado.
Da mesma forma, se por um instante experimentamos a dor, um frio de lâmina, se uma despedida, se um choro compulsivo, a notícia de um câncer, se o nosso bar preferido fechar... As rupturas amorosas.
Se o sentimento de guerra, a tensão da bala, a sirene da polícia, se o ódio dissimulado nos olhos do outro, então é perfeitamente possível viver a dor absoluta, inabalável, diaceradora e quieta, sempre e para sempre.

A laceração de um sangramento. A permanência de um beijo. A eternidade de um gol. O fim do jogo.

A cor dos lábios é a mesma cor do bico dos seios é a mesma cor do ânus. Sol, suor e calor dentro de mim. Turvas, as idéias. As imagens. São como sonho. Os líquidos todos, como se os corpos se servissem da água, do meio líquido. A reprodução, o meio líquido, a saliva e o gozo, onde viajam as pequenas estruturas reprodutivas. O sangue que anda de um lado a outro – o corpo em três dimensões.
A cor dos lábios é a cor do bico dos seios é a mesma cor do ânus.
Consistência de molusco. Das membranas. Cheiro de terra de canela. Das membranas. A macia doçura das membranas. A fina pele. Percorrida de sangue, mostra os pontos de maior pulsação, inchaço, sagração, os pontos vermelhos, o calor.
O cheiro estragado das membranas.
A cor dos lábios é a cor do bico dos seios é a cor do ânus. Cheiro de chuva: o fluxo do gozo. O peso dos corpos. Um no outro, um dentro do outro. Queda. Os delírios e as viagens no tempo. Os espasmos.
O movimento involuntário dos órgãos. O suor, a saliva e o gozo, tudo junto. Pingando, vazando, escorrendo..............
A cor dos lábios é a cor do bico dos seios é a cor do ânus. O emburrecimento, a contração do cérebro e o embaralho mental das palavras – o pensamento em três dimensões. Os lábios, o bico dos seios, o ânus.
A ânsia e o enjôo. Paralisados, os lábios. Perplexos, os bicos dos seios. Plissados. O ânus. Inerte. Como se sobrevivessem a um espancamento. Como se dentro de uma fogueira. Como num banho gelado de éter.

Depois de tanto amor. Seus dedos ainda conhecem meu rosto de cor? Você se olha no espelho e me vê nos seus olhos? Sente meu cheiro impregnado nas roupas, na cama, no seu corpo? Não. Você não consegue mais me olhar quando acordo do seu lado. Vai ver talvez sua vida também tenha tido um corte e eu não caiba mais nessa sua nova vida. Que começa do zero, como você disse. Então ficamos assim. Você tem a cidade inteira para si. Os lugares, as pessoas, as horas livres – todas as dimensões. Eu fico com o meu de dentro. As pendências, os não-seis, os sinto-muitos. Ficamos assim então.

Atributos físico-emocionais de uma pré-cópula (frisson). Olham-se ao mesmo tempo. Medem-se nos olhos e viram-se de novo para frente. Mas é como se continuassem se fitando, pois ela pensa de lá, ele de cá, ficam sonhando. Querem olhar-se de novo. Ele mede o carro dela, os detalhes da lataria e dos faróis, como se fossem o corpo dela. Dizem que os homens escolhem as mulheres segundo as possibilidades reprodutivas delas. Por instinto, mesmo. Ele leu no jornal.
Ela, por sua vez, pensa em como seria maravilhoso fazer parte do mundo daquele cara. Ele pode me salvar. Ele vai me fazer feliz porque os homens sabem o que querem. A voz linda dele, o jeito de pegar, as coisas que ele pensa. Se ele prefere jogar sinuca, futebol ou cozinhar. Os lugares todos aonde ele vai.
Ele quer mais é saber dos atributos.
Ele olha de novo, ela não.
Ele já quer machucá-la.
A gente se confunde bastante nesta vida mesmo.

O sol que preenche os poros. Uma gota de suor começa a brotar no alto da testa e outra nas têmporas. Ou ainda: essas mesmas gotas já começam a descer pelo rosto: ah!..., aí está verdadeiramente quente.
E andar por aí, por aqui, pelas ruas pode ser mesmo muito, muito bom, que é o corpo respondendo e, no fim do dia, aquele cheiro que os corpos exalam, como que procurando outros corpos, querendo dizer:
– Tudo funciona, eu funciono.
E, claro, um banho depois do banho de suor do dia inteiro, o queixo no peito, deixando jorrar a água pela frente e também por trás.
Mas o verão, o calor, o suor podem não passar apenas de uma idéia, uma coisa, um lance. Assim que as pessoas se sentem: com a idéia do brilho dentro de si. É como uma febre que nos vira os olhos, congestiona as narinas, duplica nossos corpos. O calor dilata e faz crescer e relaxa e deixa tudo o mais como se fosse tudo bom, muito bom.

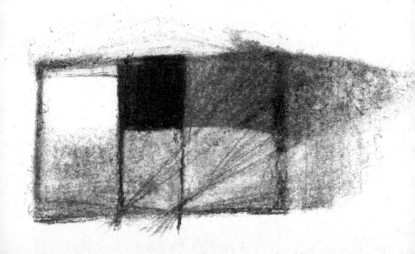

Você liga pra cá e conta quais são os seus caminhos em São Paulo. Já são 182 km de congestionamento na cidade. A avenida Paulista segue parada nos dois sentidos, desde o Masp até o túnel da Consolação. E também no trecho que vai da estação Paraíso do metrô, ainda na Bernardino de Campos, até a altura da Brigadeiro Luis Antônio. Dezenove horas e vinte e três minutos em São Paulo. O telão da avenida Paulista: as imagens líquidas, de cristal líquido, de cores irreais. Tempo hoje: parcialmente nublado, min. 16°C, máx. 25°C. Bolsa de Valores: SP + 1,6, Rio + 1,8. O céu avermelhado do fim-de-tarde na Paulista. Quase noite. Na zona leste, a Radial tem fluxo lento também nos dois sentidos. Por que o barulho das pás de um helicóptero parece tão alto, como se tomasse conta da cidade, como se fosse mesmo o barulho da cidade?
E, por alguns segundos, é como se não existisse. No rádio, temos música, pelo menos. O corredor da avenida 23 de Maio tem trânsito intenso, mas correndo. No sentido bairro-centro, há lentidão na altura do túnel sob o vale do Anhangabaú. Você liga para cá e conta quais são os seus caminhos em São Paulo. A figura enorme de uma mulher na parede do prédio. Não sei se propaganda de roupa, de carro ou de cigarro, mas é uma mulher de corpo inteiro, pés, pernas, coxas, seios, boca, quadris enormes ali na parede do prédio. Quem passa é preso por aquele olhar e também pelas cores, pelo calor das cores e daquele olhar. Transportado para dentro daquele quadro, daquela mulher quente, daquelas cores quentes. Dezenove horas e quarenta e oito minutos. Você liga para cá e conta quais são os

seus caminhos em São Paulo. A mulher quente cintilando na noite. O trânsito está completamente parado em praticamente toda a extensão da marginal do rio Tietê. Os carros andam um pouco melhor nas pistas locais, mas as alças de acesso às pontes estão com trânsito complicado. O barulho das ambulâncias, toda noite, nesta hora: o desespero das sirenes. A marginal Pinheiros tem trânsito bom desde a ponte da avenida Bandeirantes até a ponte do Jaguaré. É a hora. Não dá para sair agora, vamos esperar um pouco. Você liga para cá e conta quais são os seus caminhos em São Paulo. Todo mundo na rua. Todo dia. Me tira daqui. Me leva pra casa. Me beija. Dezenove e cinqüenta e dois. Pensando em nós dois. Depois que tudo isso passar. Vai ser melhor.

Você liga pra cá e conta como se ama em São Paulo.

Tecno. Um arrepio de serra-fita. A fúria da aparelhagem com vida própria. O som planetário, de interligação cósmica. Os tons de cinza da lataria sonora. Lata, prata, poliéster, titânio. A tintura cósmica. A bateria eletrônica não-linear. No limite do suportável. Bigorna, esmeril e malha de ferro. As modulações de uma turbina. A harmonia das agulhas elétricas. Som de modem. Acasos metalizados. Programados. Samba pressurizado. Um encadeamento desconexo de palavras, se palavras houvesse. Uma nova fala, meio dura, meio burra, efeito colateral do zumbido sônico. A comunicação cósmica. Um outro samba, sem nada de samba, nada a ver com samba. Mas com suingue. Cuíca eletrônica, cavaquinho slide, caixa de fósforo (ou de titânio). Reverberações repetidas como um mantra. Estamos vivos.

Aqui nesta festa? Esse cara... Quem é essa pessoa? Colégio, será? Tanto tempo assim? Faculdade. Meus primeiros empregos, alguma viagem que fiz, outra cidade, um jogo qualquer, algum estádio ou mesmo um show, amigo de um amigo. Pode ser. Será que vi muitas vezes, quantas vezes esse rosto? Algum daqueles caras que eu sempre via na faculdade, mas não lembrava o nome? Será que?... Mas o cabelo não era azul. Nem esse brinco no nariz. Será que?... Mas esse nariz e o brinco. Não. Pode ser que a luz, essas luzes todas brilhando. Mas não, não.
Ou não? É, assim, daqui, fica difícil dizer, mas acho que é ele. É, um pouco longe mesmo, mas é o cara. Claro. É o próprio. Acho... Quando foi a última vez? O cara não era magro desse jeito, virado do avesso. Nem nunca soube que gostasse assim de música. A ponto de estar lá em cima, no comando, como é que o cara vira DJ? Tanto tempo depois? Bom, vá lá, são anos e anos. Quantas coisas acontecem em anos? Um buraco nos separa. Não vai lembrar de mim. O cara. O sorriso também era maior, mais forte. Mas, por outro lado, parece tão certo de si mesmo. Nos cascos. A roupa certa para o lugar certo. O jeito de fumar, esquecendo o cigarro no canto da boca. Mexendo nos discos, escolhendo os discos, e os olhos meio cerrados, protegidos da fumaça. O rosto iluminado de vermelho. E se é verdade mesmo tudo isso, onde será que ele guarda tudo aquilo? Se ele agora é tão outro e... Não, comigo parece que

está tudo na mesma. Quer dizer, eu tive também lá as minhas histórias. Ora. Histórias. Pra não encompridar muito. Enfim. É o cara. Vamos lá. Ver se rola. No intervalo de alguma música. Vamos lá, vai ser primeiro um olhar de surpresa, frente a frente, e tomara que baste para que ele também se lembre, e depois o instante perplexo, que é uma saudade guardada, e um abraço, meio de susto, meio rápido, meio de pouco. E quem sabe tudo isso de novo – brinco, sorriso anguloso, histórias, instante perplexo. E um abraço. Você é quem eu estou pensando que você é?

Peixes, 24 de junho de 2000. Em uma conjuntura astrológica como a deste sábado, o melhor a fazer é dar livre curso às idéias, exprimindo sua imaginação e criatividade nas artes que domina. Passeios fazem bem à saúde, restauram seu bom-humor e equilibram sua fé na comunidade em que vive, apesar das injustiças que cometemos todos os dias.

DNA (a massa substanciosa dos genes).
Terça, 26 de junho de 2000. Projeto Genoma anuncia deciframento do código genético humano.
O seqüenciamento da matéria-prima do DNA (adenina, timina, citosina e guanina) acaba de ser desvendado pelos cientistas do Projeto Genoma Humano (consórcio científico do governo dos EUA) e da Celera Genomics (empresa privada norte-americana que tem por objetivo patentear e vender suas descobertas).
Comparando o genoma a um livro, é como se agora conhecêssemos suas letras e algumas palavras. Falta descobrir a ordem das palavras e, portanto, as frases que elas formam.
46 cromossomos em cada célula, 100 mil genes em cada cromossomo, 40 mil pares de componentes do DNA em cada gene.
Bom, isso sem falar na antimatéria, nos buracos de minhoca, nos aceleradores de partículas, na física quântica e nas viagens cósmicas (no tempo e no espaço).

Passeata gay leva 100 mil à Paulista. A 4ª Parada do Orgulho Gay congestionou as imediações das avenidas Paulista, Consolação e Ipiranga, ontem, na região central de São Paulo. A parada teve nove carros de som e dois carros alegóricos. Gays, lésbicas, bissexuais, bichas, travestis, bibas, viados, chupa-rolas, arrombadas, bolachas, indecisos e simpatizantes começaram a se concentrar por volta das 14h, em frente ao prédio da TV Gazeta, na avenida Paulista. Às 19h, aconteceu um "beijo coletivo" e Edson Cordeiro apresentou-se num palco na avenida Ipiranga, em frente à praça da República. Políticos, manicures, prostitutas, lutadores de jiu-jítsu, michês, halterofilistas, giletões, croquetes, empregadas domésticas, professoras, modelos e manequins, pedreiros, cabeleireiros, economistas, go-go boys, diabos e diabas desfilaram todos juntos, sem incidentes. "São Paulo não será a mesma depois de hoje", dizia um cartaz perdido na multidão (com letras desenhadas em purpurina roxa e azul). Roma espera 200 mil para passeata gay. Igreja critica manifestação de homossexuais na Itália no momento em que se celebram os 2.000 anos do nascimento de Cristo. A Parada Gay de Roma, marcada para o próximo sábado, espera reunir mais de 200 mil pessoas em desfile pelas ruas da cidade. O percurso será de três quilômetros, com 15 estações e parada final no Coliseu. Igreja e políticos são contra. O Cardeal Camillo Ruini, presidente da Conferência Episcopal Italiana, disse que "não agora, e não em Roma". O primeiro-ministro Giuliano Amato sugeriu que o desfile seja realizado em local isolado do resto da cidade. O grupo neofascista Forza Nuova promete organizar um contra-evento com o lema "A Itália precisa de filhos, não de homossexuais".

Transexual. Internet mostra cirurgia para mudar de sexo. O Hospital de Base de São José do Rio Preto realizou na sexta-feira a primeira operação de mudança de sexo com transmissão ao vivo pela Internet. O transexual Luana Veiga – que já foi casado e tem um filho –, de 23 anos, teve seu pênis transformado esteticamente em vagina.
Segundo o diretor do hospital, das 14 mil pessoas que entraram no site, 821 conseguiram acesso simultâneo e puderam apreciar a operação.
"Tivemos problemas de excesso de consultas", declarou.
As imagens continuam no ar.

O frio preto-laca. Me mostraram uma vez, um cano. Por nada, uma coisa besta. No trânsito. Acertei o espelhinho e segui. O cara veio atrás, com o cano pra fora do carro. Gelei. Senti um frio. Era um frio que eu via naquele preto-laca com um branquinho luminoso que percorria o cano. O cara falava e mexia o cano. O branco luminoso do reflexo no preto-laca mexia. Passou gritando. Vento no rosto. O cara já ia embora falando, falando, mas eu só olhava pro cano, não conseguia tirar o olho. Fiquei parado, com os pés no chão, a moto entre as pernas, o carro indo, o revólver sumindo.
Então decidi também ter um. Foi uma vontade, um desejo, uma obsessão durante um tempo. Mas passou. Brocha. Eu não ando armado porque é de mau agouro. Pegar em arma brocha.

O tempo e a simbiose moto-e-ele. De início, a 125 ele usava no leva-e-traz dos papéis e das mercadorias. Depois, muito depois, quando eram um só, moto e ele, não se viam os dois separados, de contínuo ele nela: não largava.

Pois então, como eu dizia, eram uma coisa só. Montava rápido. Ele dava uns esticões. Fazia pegar e disparava a milhão, empinando.

Dá pra visualizar?, aquela traseira de moto em disparada, se afunilando no horizonte, com o paredão de prédios por trás? O ronco chegando em golpes e ele se perdendo nos limites do Minhocão...

Mas, eu ia dizendo, teve uma época que eram uma coisa só, moto e ele.

Um estado de espírito alterado. A alta temperatura dos corpos. Muitos os estados de espírito, os vários deles possíveis em um breve espaço de tempo. Espaço de tempo? Espaço? Tempo? O calor eleva a temperatura dos corpos, a alta temperatura dos corpos aumenta a secreção de suor, que por sua vez propaga-se em brilho e cheiro. Primeiro, nós mesmos, depois os outros, e então estamos todos imersos numa lufada, como se dançássemos todos, muito próximos, mas sem nos olharmos.

Debandada. OMS prevê 1 milhão de suicídios em 2000. Média anual de casos no mundo subiu 60% entre 1950 e 1995. Estudo da Organização Mundial da Saúde estima que um milhão de pessoas vão se matar em todo o mundo no ano 2000. As tentativas de suicídio podem chegar a 20 milhões. Segundo a entidade, o número de vítimas de suicídio é superior ao de mortos em conflitos armados e em acidentes de carro. Assim como a Aids e o uso de drogas, o suicídio é tratado como um problema de saúde pública pela organização.

O bafo quente do vento solar. As nuvens de plasma do vento solar, elas trafegam lentas pelo espaço e carregam um campo magnético que interage com a Terra. (O plasma é constituído por íons, partículas carregadas eletricamente.) Quando o vento solar atinge a Terra, cria uma cauda de partículas que se estende para fora do lado escuro do planeta. Há até quem diga que consegue observá-la a olho nu – a cauda de partículas do vento solar (especialmente à noite). Faz calor com o vento solar noturno.

Trincado. Não, não me sinto assim sempre. Durante um tempo até me senti bem. Mas quando foi que tudo começou?
Penso, em verdade, que os intervalos foram de tranqüilidade: o que garante que o sentimento presente não seja o sentimento permanente? Aquele que me define? Não é a primeira vez. Pode ser que tenha sido sempre assim. O mais atormentador é que há um certo momento em que não há espaço para reflexões ou indagações.
Um peso e um volume de vácuo que nos preenchem de todo. Rachados, fendidos, falhados, cindidos, trincados. O pedaço que nos falta.

Desculpa aí a falta de tom.

O quarto intocado há seis anos. A mãe não
põe, não tira, não mexe, não vira, mal abre. O quarto
do morto. O pai deu para ir à igreja e começou com uns
cacoetes no olho esquerdo.
Depois que ele morreu, a gente preserva as coisas dele.
Ninguém mexe. Eu entro lá só para fazer a limpeza.
Tem dias que eu fico horas ali, ajeito os porta-retratos,
espano os livros, deito na cama pra ver se ainda sinto
o calor do corpo dele.
Começa a chorar. Morreu de quê? Acidente de
automóvel.
Eles falam assim: acidente de automóvel. Como se fosse
um diagnóstico.
A gente sabia que o pulmão dele ia dar pau. Fumando
aquelas bagas. A gente achava, eu e minha mulher.
Ou então que um dia ele ia amanhecer roxo. Eu dizia,
filho, pára de andar com essa gente.
O som de uma moto acelerando faz eco no Minhocão.
Ela ergue-se e fecha a janela da sala.
Um dia você acaba gordo – a gente falava pra ele –,
recheado de bala. Mas de carro... Morrer de carro...
Eles têm um foto linda dele com a primeira namorada e
outras tantas espalhadas em porta-retratos no aparador
escuro da sala.
Mas quando eu me lembro dele, me vem aquela imagem.
Ele deitado no asfalto, aquele corpo do meu menino, a

minha criança no chão sem se mexer. Às vezes, é difícil lembrar do rosto dele. Só me vêm essas fotos, o sorriso dele nessas fotos, ele preso nessas fotos.
Eles se encolhem um nos braços do outro e olham em direção à janela. Não se sabe se procuram uma resposta (um sinal) no céu ou no asfalto, mas vão levando.
O dia termina com umas cinco ou seis mortes em São Paulo.

Guarita (uma viagem de memória numa noite qualquer). Dentro de um contêiner de fibra de vidro verde-musgo – chamado de guarita–, um homem abre uma latinha metálica – a marmita – pouco maior do que uma lata de sardinha. A luz amarela da única lâmpada preenche o espaço.
Ele está sentado num banquinho.
Tinha sido surfista em Florianópolis na década de 80, muito novo. Por isso, mantém o físico, braços e costas, apesar da barriga. Ele ainda é feito de mar, moldado de mar.
Virou vigia aos 18, quando veio para São Paulo.
O teto da guarita ele mesmo decorou, com fotos de revistas diversas. Numa das paredes da guarita estreita, ele tem um calendário de fotos do campeonato mundial de surfe de 1998, vencido pelo americano Kelly Slater.
O mês é maio e a foto é de uma onda em Pipeline, praia havaiana onde ele nunca esteve. Faz sol e a superfície do mar encontra e projeta o homem, a prancha, a espuma e o brilho do sol na água.
Ali fora é noite e, na guarita, ele está imerso no amarelo da luz. Serve-se da marmita com a colher. Toma um gole de água e encosta a cabeça na parede de fibra de vidro. Fecha os olhos (cegados pelo brilho do sol havaiano) e dentro da sua cabeça a onda é azul, a areia é quente e o mar rumoreja um barulho de mar.

AO CAMISA 6 DO AMÉRICA QUE RESIDE NAS CALÇADAS DA CONSOLAÇÃO E AO GARI QUE BRILHA NO ESCURO. Duro não é concreto, piche em tudo que se chama noite e ainda nas luas de mercúrio, fedentina e ratazana de zás-trás, ou camundongo já compadre; não é caco de vidro entocaiado. É o amanhecer, aprendi vossa lição. É não ter cão ou jesuscristo pra se apegar quando o céu negro vai aguando, para o clareio, e o frio é mais que navalha na madrugada.

Danilo Monteiro

Pequena iluminação asfáltica (o menino vaga-lume). Naquele restinho de rua, um tanto de meninos troca passes. A superfície de couro da bola vai ficando no asfalto cada vez que a bola rasga pra cá
e rasga pra lá. Eles têm seis anos de idade. Alguns,
oito ou dez.
O mais novo é também o mais habilidoso. A cabeça
é muito maior que o corpo, fininho e curto como as
pernas. Usa um calçãozinho verde lustroso (um fiapo
de nada na cintura) e um sorriso branco permanente,
nos dentes e nos olhos.
A luz do dia diminui e os focos vermelhos ficam mais
vermelhos no céu arroxeado das cinco e meia, a hora
boa, em que tudo se satura (cores, nervos, ar),
e estamos todos na rua.
O verde lustroso, mais verde, cintila no princípio da noite.
A ginga de lá-e-cá do menino faz desenhos no escuro.
Um menino vaga-lume joga bola no asfalto
de São Paulo.
Os outros meninos fazem coro e dançam com ele.

Eles trocam passes na rua sem saída.

Vai do gosto (trampos). É o que eu sempre digo: cada um vive como quer. Tem gente que gosta de sofrer e se testar. Pra ver se arrebenta. Se encontra alguma coisa nessas horas loucas, depois de 15 horas de muita, muita fodeção. Tem gente que gosta de se estragar. Pra sentir mais fundo, mais forte, na carne. Como se faltasse a pele, e um simples toque pudesse machucar. Sangrar por dentro. Arregaçar as vísceras. Sentir queimar. Bom, sei lá... Vai do gosto. Afinal, cada um faz o que gosta, canta como quer e diz o que pensa. Se mete onde bem entende. Se a cabeça agüenta. Acho que é mesmo (15 horas) pra ver até aonde a cabeça vai. Se depois de tudo ainda consegue sentir passar o tempo. Se ainda percebe o tempo (15 horas sem parar), se gosta da idéia de se vidrar. Pra enxergar mais além. Pois é também um jeito de levar a vida, como não? 15 horas sem parar. 15 horas sem pensar. Pensar. Bom, é o que eu sempre digo: cada um vive como quer. Vai do gosto.

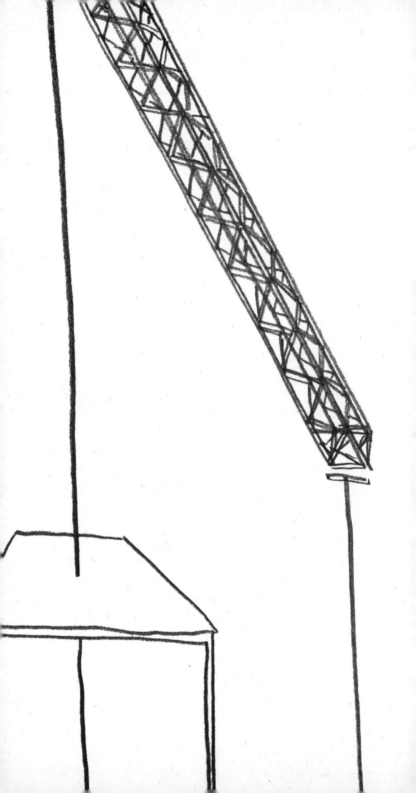

Para sair do ar. Entrar no túnel é imergir em luz amarela. O choque dos sons dos carros e seus freios, dos carros e suas buzinas, dos carros e seus sons de lata – a epiderme metálica (a lataria).
As ondas reverberam e encontram-se no ar, batem-se em suspensão. Flutuam e projetam-se contra as placas de plástico das paredes do túnel.
(O rosto de um taxista enquadra-se no espelho lateral de seu carro.)
Um carro de polícia abre caminho, esparramando sua sirene, jogando mais barulho no ar. Este é o mais alto e comprido de todos os sons.
(Uma mulher retoca o contorno de batom dos lábios no espelho interno de seu carro. Por um segundo, seus olhos encontram os olhos de um motoqueiro – refletidos ali no espelho interno de seu carro).
Lá fora, as pessoas atravessam a rua na faixa de pedestres, contra os faróis brancos dos carros, e desviam das grades de ferro do corredor de ônibus.
No túnel, os sons persistem em viagem circulatória, de choque. As luzes vermelhas dos carros percorrem o concreto e os painéis de plástico das paredes.
(Um homem fala ao celular, puxa o nó da gravata e, nos vários espelhos de seu carro, pela terceira vez naquele dia, confere as pequenas rugas ao redor de seus olhos.)

Decorre que mergulhados na luz amarela, na emulsão de sons e no coquetel de gás, vibram em muitas, muitas freqüências.
Prontos para sair do ar.

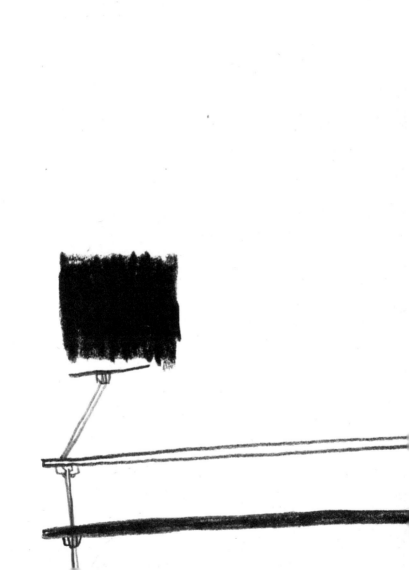

O fluxo silencioso das máquinas. Diversos prédios possuem em seu topo pequenos focos puntiformes de luz vermelha. A balizar as rotas de avião. De cima, a cidade é um campo de luzes amarelas, brancas e vermelhas. Um mar de luzes que piscam. Já alguns prédios, quando se passa por eles, acendem um grande facho branco. A pessoa vem andando pela calçada e quando passa pelo sensor – geralmente instalado na guarita do porteiro – faz-se a luz. É um susto, quase sempre. Um mergulho também, já que não se enxerga nada por uns momentos.
Bem-vindo ao serviço automático. Insira o cartão magnético. Digite sua senha. O mar de prédios que não dormem... As luzes todas. Esses computadores que viram a noite. Aonde vão as ondas que eles emitem? Confirme sua senha. Você está adentrando uma área de segurança. Deseja prosseguir? As informações fornecidas serão criptografadas para sua segurança. O discreto rumor de um ar-condicionado. O cheiro grosso dos ambientes. Que comprime os pulmões um contra o outro, fazendo-os se fechar. Uma ficha para a máquina de refrigerantes, por favor. A queda surda de uma latinha de refrigerante. Digite novamente sua senha de seis dígitos. Insira e retire o seu cartão magnético para liberar o dinheiro.

Um café fora de hora. A ardência no contorno dos olhos de tanto habitar os andares fechados, onde o ar pesa. O ar confinado. A luz fria. O fluxo silencioso das máquinas: imprimindo, gravando, bipando, fazendo soar a infinita ocorrência do esgar. O som mudo das máquinas.
O humano não-humano. A dependência química do ar concentrado. A sedação do olhar. O fluxo de inconsciência.

Pode acontecer. A qualquer um. A qualquer hora. Caído de costas no chão. No duro. Uma mão (de quem?) segura-lhe a cabeça. Joelhos prendem os braços. Os dedos nos olhos, os joelhos nos ossos, peito arfando, goela seca, olhos entreabertos. Não pode ser. Suas mãos giram em falso nos pulsos, a boca aberta no espaço. Tem o nariz contra a palma das mãos (de quem?). A gengiva exposta à faca: a ponta da lâmina o toca acima dos dentes superiores, definindo o eixo. Ele sente o frio da lâmina penetrar. Seu corpo paralisado agora.
À resistência da faca em afundar mais contra a boca, um dos braços (de quem?) sobe sobre ela, largando todo o peso do corpo na mão espalmada sobre o cabo, e então a lâmina pode, de um soco, rasgar o tecido até o fim.
O sangue transborda o corte, jorrando quente em contato com o metal. Não pode ser... A lâmina quente, o gosto de sangue flutuando, evaporando, vazando líquido no canto da boca, pingando lentamente no chão. No duro.
Ele agora é também o chão e o peso do chão, a faca cravada na boca, os lábios retraídos (repuxados como plástico queimado).
O momento final é lento, doce e de viscosidade flutuante e espessa.

O sol todo dia às seis da tarde é um pêssego. Depois vem a noite. De manhã, o sol. Às seis da tarde, o sol maduro.
Eu diria que o pôr-do-sol é vermelho-lambari, mas seria preciso mais uma vez explicar o que é um maracujá e o que é um lambari.
Aqui, quando dá de fazer calor é de lascar: o verão é quente e chuvoso. Mas no inverno os dias são secos, de céu muito azul, frio e coisa e tal. O outono realmente acomete a cidade de quedas várias. A primavera é aquela época em que já se começa a pensar no fim do ano.
O sol poente inchado em seus contornos, perfeitamente desenhado. No horizonte, é como um pêssego maduro, que se derrama para fora da casca.
O pôr-do-sol em São Paulo. Depois a noite.
As partículas em suspensão, no ar, permitem ver o sol. Tudo que há entre a Terra e o sol. A completude do retorno: o sol de saída como um pêssego. Depois a noite. De manhã, o sol. Às seis da tarde, o sol maduro. Como um pêssego. Depois a noite.

Faixa escondida. Elisa. Várzea, Danilo e João. Ilha do Mel. Os fogos espoucam na noite ao longe. Andar, andar e andar. Do farol ao forte e de novo ao farol. Andar, andar e andar. Duas personas. O forte e o farol. O mar azul da ilha. São Paulo. Os tons de cinza. Os escritos, eles surgem. Copan, Edifício Itália e Hilton Hotel. Angélica, Augusta e Consolação. Patife Band, Itamar Assunção e Tom Zé. Azougue, Sergio Cohn e outras sinucas. Ora Bolas, Big Small e umas e outras na Cardeal. Ó do Borogodó. Ayauhasca, ácido e Hilda Hilst. Serra da Cantareira, pinga Belarmino, vinho de Montalcino. Os passeios à noite na Paulista. Domingo, as meninas dançam no Ibirapuera, enquanto tomamos sol, lemos jornal e vamos ao mam. Água de côco. Praça do pôr-do-sol. Forró do Andrade. Novos Baianos, Secos e Molhados e Jards Macalé. Calvino, Cortázar e Campos de Carvalho. João Antônio, Dalton Trevisan e Rubem Fonseca. Rio de Janeiro. Cartola, Jorge Ben e Chico Buarque. Santa Tereza, feira de São Cristovão, Afonso Henriques Neto. MD2, B-Negão, Gustavo BA. Beck, Morcheeba e Cardigans. Baden Powell, Beethoven e BR-116. São Paulo. Pacaembu (o estádio e as casas de arquitetura bonita), Morumbi (os jogos e os shows) e Cidade Universitária. Jardim Bonfiglioli, Jardins, Pinheiros e Perdizes. Uma noite de alta rotatividade no De la Rose (em cima do Café Gardenia). Vermelhos, os dois. Tomando a cidade de assalto. Sexta-feira é uma palavra vermelha? Claudinho e Buchecha no Parque do Carmo. Vila Madalena. I Vitteloni e os sonhos vívidos acima dele. Inspira-te em outras eras e culturas. Ioga, meditação e massagens. Sandra. Incensos, temperos e sedas. Os mistérios do mundo. A ordem recôndita de todas as coisas. Maysa, Elisete Cardoso e Baby Consuelo. Minhas crises e alegrias. Mané e Gra. Fabio, Zeca e Cesar. O privilégio de testemunhar. Baile Perfumado. O Estado do Cão. De Olhos Bem Fechados. Bergman, Antonioni e Kubrick. Coltrane, Davis e Hawkins. Uj, Sonic Youth e Man or Astro Man. Ouro Preto. Azulejos de Lisboa, igrejas da Itália, padarias de Paris. Os amigos de Havana: Manco, Ariam, Concepción, agora evocados. E, mais recentemente, Bertioga, Aiuruoca e Assaré. São José dos Pinhais, Rio Pequeno, a chácara, a chácara velha, a fazenda. Praia de Leste. O surfe. Bares É o Ninho, Freitas e Tropical Lanches. A Ilha do Mel de outros tempos. Um chicabom em Itapema. Algumas passagens deste livro foram sampleadas de outros lugares, sofreram mutações e assumiram novas identidades. Agradeço a todos que as fizeram existir. Devo ao que me ensinaram os cavalos, os antepassados e minha família. Curitiba, São Paulo. Márcio, Maria Rosa, Diogo e Cícero. Beijo a todos.

Nota

Em cima da hora
Um lance de onda
Água é difícil de conseguir
DNA
Passeata gay leva 100 mil à Paulista
Debandada
e
Transexual
são recriações de textos noticiosos extraídos dos jornais *O Estado de S. Paulo* e *Folha de S. Paulo*.

Ao camisa 6 do América, de Danilo Monteiro, foi publicado originalmente no encarte *Várzea*, da revista *azougue* número 3.

Peixes, 16 de março de 2000 e **Peixes, 24 de junho de 2000** foram transcritos da coluna de Barbara Abramo, publicada pelo jornal *Folha de S. Paulo*

Você liga pra cá usa elementos do programa *Hora do rush sem Voz do Brasil*, da rádio Eldorado FM de São Paulo

Título
O Fluxo Silencioso das Máquinas

Autor
Bruno Zeni

Imagens
páginas 2, 3, 112 e 113 - João Paulo Leite
páginas 19, 41, 77 e 86 - Cláudio Spínola
páginas 22, 23, 25, 26, 27, 96, 98 e 99 - Ana Luiza Dias Batista
páginas 50, 52, 54, 60 - Flavia Yue

Projeto gráfico
Elisa Cardoso

Formato
12,5 x 21 cm

Tipologia
Charter 10,5/15

Papel
Pólen rustic areia 85 g/m2 (miolo)
Cartão supremo 250 g/m2

Impressão e acabamento
Cromosete

Impressão e acabamento
Cromosete
GRÁFICA E EDITORA LTDA.
Rua Uhland, 307 - Vila Ema
Cep: 03283-000 - São Paulo - SP
Tel/Fax: 011 6104-1176